3 DESEOS

Un cuento de hadas punk

Bef

Historias gráficas

3 DESEOS
UN CUENTO DE HADAS PUNK

© 2022 Bernardo Fernández, Bef (texto e ilustraciones)
c/o Schavelzon Graham Agencia Literaria
www.schavelzongraham.com

D.R. © Editorial Océano, S.L.
Milanesat 21-23, Edificio Océano
08017 Barcelona, España
www.oceano.com

D.R. © Editorial Océano de México, S.A. de C.V.
Guillermo Barroso 17-5, col. Industrial Las Armas
Tlalnepantla de Baz, 54080, Estado de México
www.oceano.mx
www.oceanotravesia.mx

Diseño: Verónica Monsivais

Primera edición: 2022

ISBN: 978-607-557-555-1

Este cuento es para Sofía, que todos
los días me confirma que la magia existe

Y para Aída, cuando era punk
(parafraseando al Principito)

Yeah, fairies wear boots, and you gotta believe me

Sí, las hadas usan botas y tienes que creerme

—Ozzy Osbourne, Black Sabbath

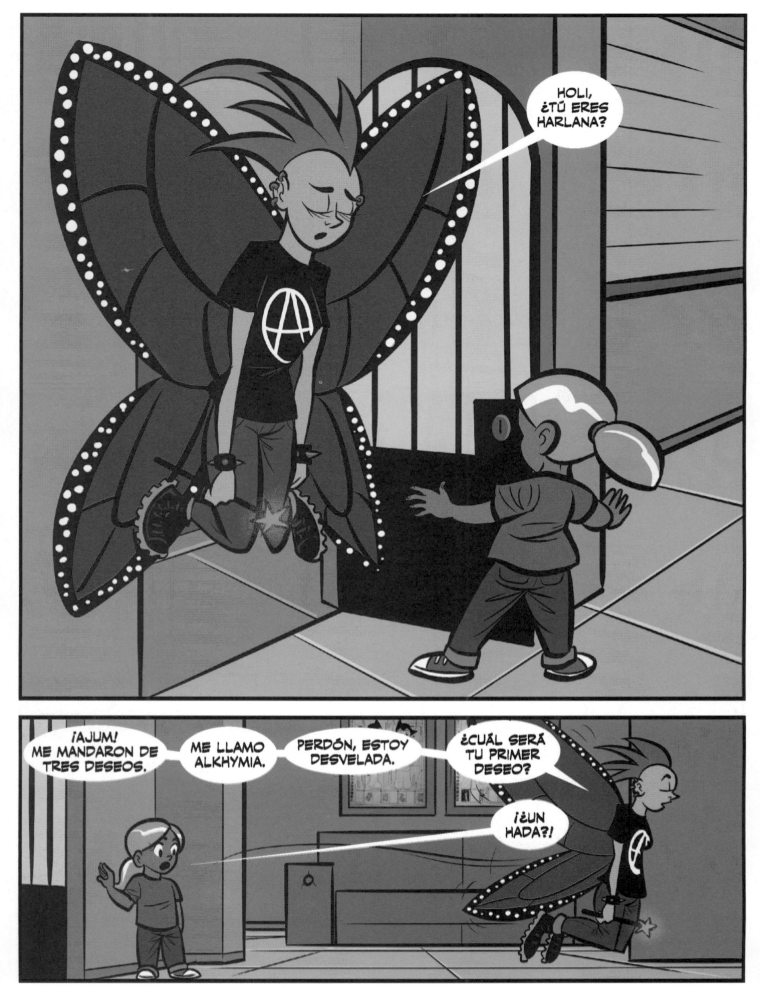

ESTÁ BIEN, ELLA ES LA *PERSONAL MANAGER*.

ME DEBES UNA, MI AMOR.

AY, ES QUE CON ESAS FACHAS...

¿ME DAS UN CONTEO DEL UNO AL VEINTE?

SÓLO SÉ CONTAR HASTA DIEZ.

¡CAMBIÓ TODO LO QUE DIJE!

¡MAGNÍFICO!

¡LO DE TU GATITO YA ES *TRENDING TOPIC* EN TWITTER!

LO IMPORTANTE ES QUE HABLEN DE TI.

¡ENCANTADO DE VERLOS DE NUEVO!

¿LA MESA DE SIEMPRE?

AHORA, DÍGANME, ¿QUIÉN TIENE HAMBRE?

UNA ESTRELLA SE DEBE A SUS FANS, CHIQUILLA.

PERO, PERO...

LAMENTO DECIRTE QUE ESTO YA ESTÁ AFECTANDO TU POPULARIDAD.

¡¿QUÉ?!

¡ES VERDAD! YA ERES *TRENDING TOPIC*.

#MOCOSAINSOPORTABLE

#YASELESUBIÓ

¡ESA GENTE NI ME CONOCE!

CALMA, CHICAS, ESTO LO ARREGLO YO.

AHORA MISMO LE MARCO A CATALINA PARA QUE LETY TE ENTREVISTE DE NUEVO.

NO, NO. NO LO HARÁS.

¿POR?

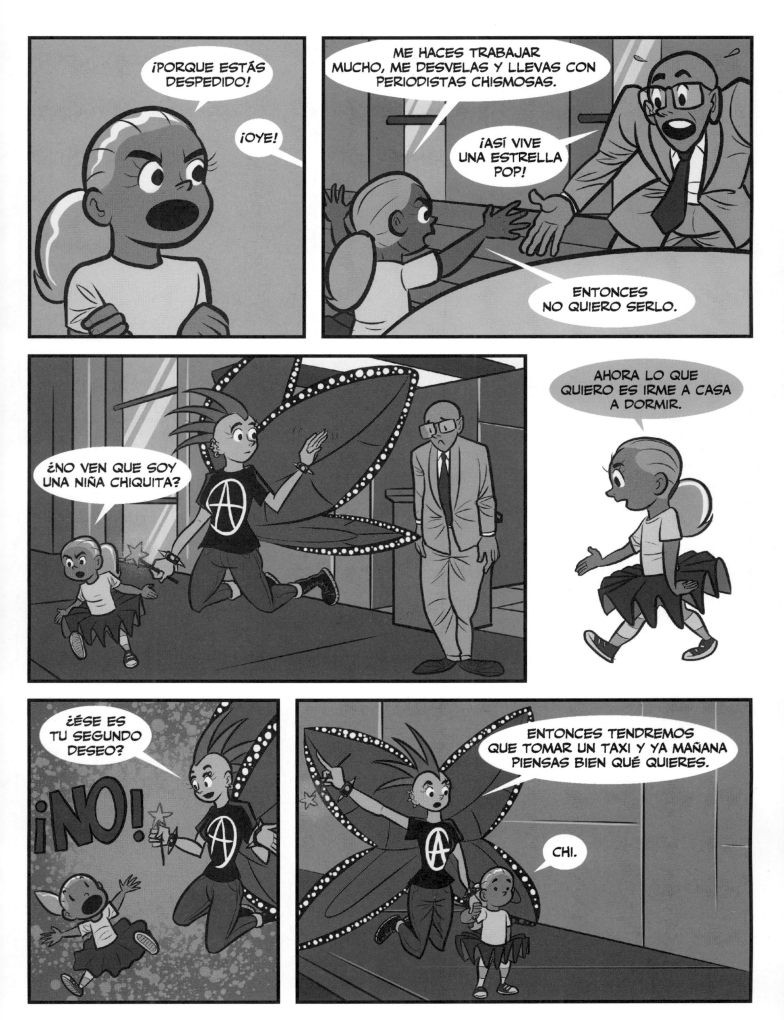

HOLI.

¿SIGUES ENOJADA?

34

41

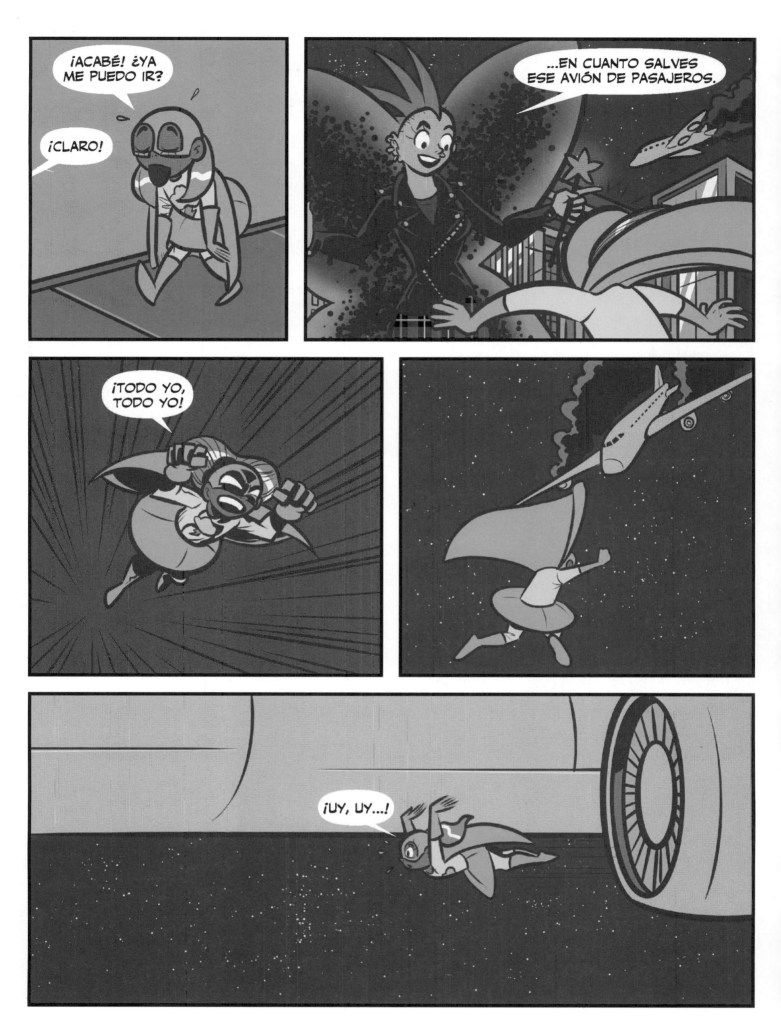

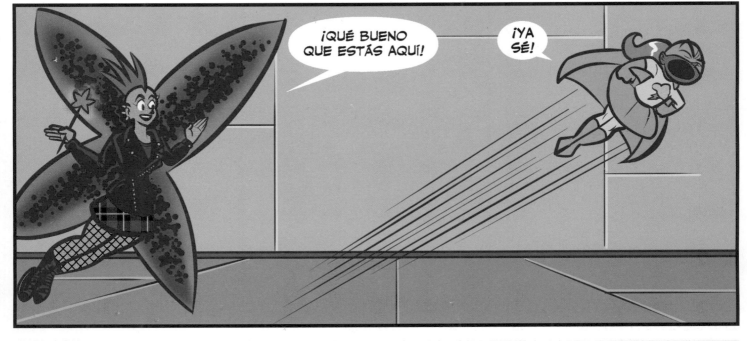

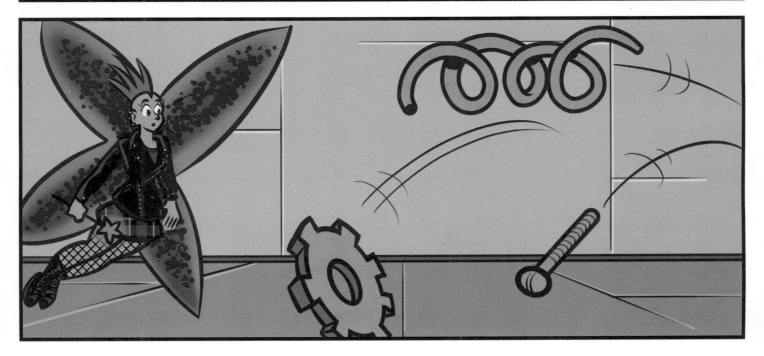

SI LO DESEAS CON SUFICIENTE FUERZA...

...QUIZÁ SE TE CONCEDA.

LO QUE ME FALTABA: UNA CHIFLADA DEL PENSAMIENTO MÁGICO.

AY, PERO ME GUSTÓ MUCHO.

¿DESDE CUÁNDO USAS RELOJ?

DESDE QUE USAS ALAS TORNASOL.

UNA SEMANA DESPUÉS...

HARLANA...

DIME, PAPI.

¿TÚ BAJASTE UNA APP QUE SE LLAMA *TRES DESEOS*?

¿POR?

POR QUE TRAE UN CARGO POR VEINTE MIL PESOS.

¿QUÉ?

Epílogo: los cómics fueron mis cuentos de hadas

1

Mis primeras lecturas fueron historietas infantiles. Nuestro paseo familiar de los domingos solía rematar en un puesto de periódicos, donde se desplegaba un universo multicolor de revistas de cuentos, como los llamábamos entonces. Hoy el término me parece muy apropiado: los cómics fueron mis cuentos de hadas.

Los títulos infantiles de la desaparecida editorial Novaro, como *La Zorra y el Cuervo*, *Periquita*, *La pequeña Lulú*, *Henry*, *Fix y Foxi*, *Olaf el amargado*, *Beto el recluta*, *Pícaro el gato*, *La Pantera Rosa*, *El Pájaro Loco*, *El Gato Félix* y todo el elenco de Walt Disney, alimentaron el asombro lector de los hermanos Fernández.

Mismo asombro que, cuando los domingos remataban en una librería —éramos, somos, familia de lectores—, se impulsaba con los álbumes europeos de *Mortadelo y Filemón*, *Astérix*, *Lucky Luke* y *Tintín* (llamado *Tantán* por mis primos que vivían en Francia) y ocasionalmente se aderezaba con las compilaciones de Mafalda, Snoopy y Garfield, que de alguna manera intuíamos que no eran *tan* para niños, pero disfrutábamos igual.

Lo anterior sin olvidar a los personajes nacionales, que eran pocos: *Los Supersabios*, del genial Germán Butze, *Zor y los invencibles*, deliciosa serie de aventuras de un robot y sus amiguitos superhéroes y las *Aventuras de Capulina*, comediante que siempre me simpatizó más en el cómic que en la pantalla, que mi hermano Alfredo y yo leíamos en su versión mini, el *Capulinita*.

A través de estas historietas no sólo me relacioné por primera vez con la lectura aún antes de aprender las primeras letras, pues el decodificar una secuencia gráfica en viñetas ya es una manera de leer, sino que además descubrí mi vocación profesional.

Primer boceto de Harlana

Viñetas de la primera versión de *3 deseos*, publicada en el libro *Monorama 2* (Editorial Resistencia, 2009)

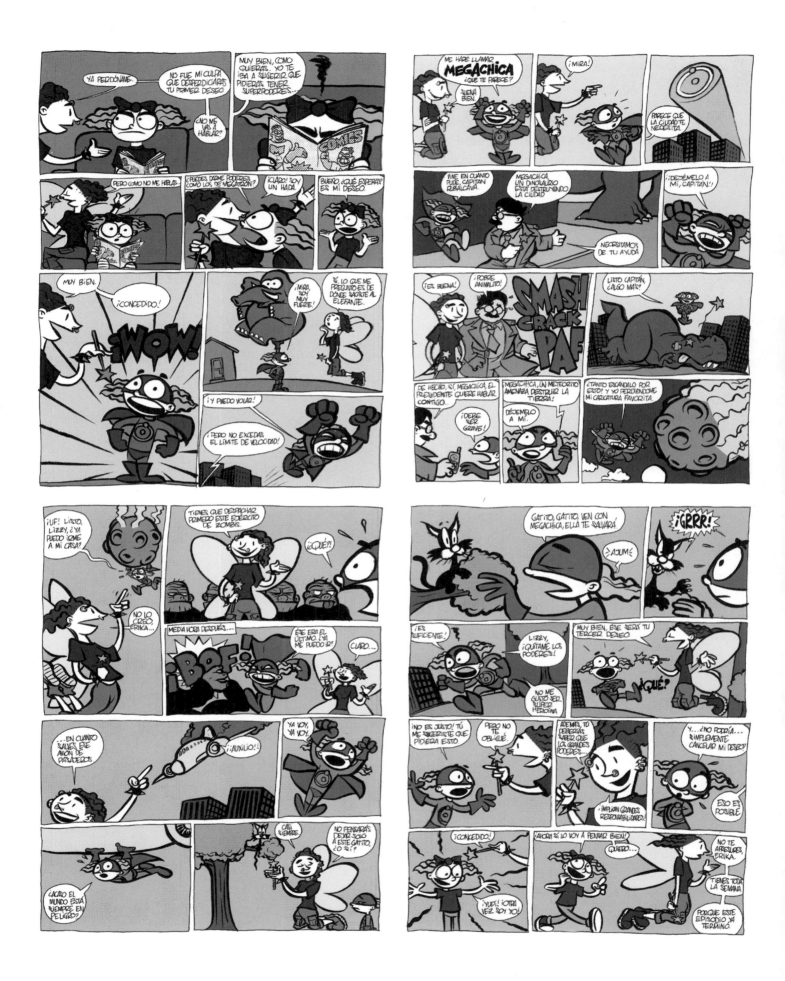

2

Cuando inicié mi carrera de narrador gráfico, en los años noventa, el grito de guerra era: "los cómics ya no son sólo para niños".

Empezaba una exploración generacional de lo que hoy, con cierta torpeza llamamos "novela gráfica", término alrededor del cual se acumulan muchas confusiones pero que de alguna manera denomina a las historietas para adultos, que tratan temas "serios y complejos".

He tenido la fortuna de explorar esta veta y haber publicado varias novelas gráficas, con todas las de la ley. Algunas de ellas, como *Habla María* dirigidas a un público adulto, o para adolescentes como *El instante amarillo*.

Pero en este punto, con casi 35 años de trayectoria monera, me doy cuenta de que efectivamente, ya no hay cómics para niños... ¡y mucho menos para niñas! Siendo papá de dos chicas, una adolescente y una nena, el tema me atañe.

Ya había dedicado las dos novelas gráficas antecitadas y un libro infantil —*Del uno al diez y al revés*, todos publicados por Océano— a mi hija mayor. Tenía una deuda con la chiquita.

Primeros bocetos de Alkhymia

Boceto definitivo de los personajes

3

Hace muchos años publiqué una serie de cómics en una revista infantil hoy desaparecida. Varios de ellos fueron recuperados en mi libro *Monorama 2*. Tenía especial cariño por uno de ellos, la historia de una niña que veía en la tele el anuncio de una empresa que cumplía tres deseos a quien los contratara.

La versión original era de doce páginas repartidas en tres entregas. Han pasado casi dos décadas, sin embargo, llegado el momento de empezar este libro, quise expandir esa historia, que ya incluía en su versión original al hada punk, basada en mi primera novia y los deseos frustrados de la protagonista.

Para esta versión definitiva descubrí que debía feminizar mi estilo. Que los cómics para niñas como *Archi* o la brasileña *Mónica y sus amigos*, favorita de mi hija mayor, eran de líneas más estilizadas que mi dibujo habitual. Que había que intentar ver el mundo con el asombro de una niña de seis años.

Harlana, por cierto, lleva el nombre que propuse para mi hija menor, en honor al escritor norteamericano de ciencia ficción Harlan Ellison. Su mamá se negó y la nombramos en honor a la matemática polaca Sofía Kowalevskaya, (años antes propuse que la mayor se llamara Alana homenajeando a Alan Moore; se llama María por Mary Shelley).

Primera aparición de Harlana y Alkhymia, en la revista *Navegantes* de la Universidad Autónoma de Nuevo León (2020)

4

Puedo decir que ninguno de mis libros de cómics me ha costado tanto trabajo de completar como éste. Si logré concluirlo atravesando una pandemia fue gracias al apoyo incondicional de mucha gente. Agradezco por ello a Aída Cortés, Bárbara Graham, Maia F. Miret, Verónica Monsivais, Marisol Trigueros, Rebeca Dávila, Naytze Valencia, Guillermo Schavelzon y muy especialmente a la presencia luminosa de María y Sofía. Gracias, gracias.

Me quedo con el gusanito de hacer más cómics infantiles. Verán, tengo esta idea sobre un niño y su abuelito inventor que...

—Bef
Ciudad de México, julio de 2022

Primera propuesta de portada
para este libro, desechada.

Ilustración: Sofía Fernández.

Bef (Bernardo Fernández) nació en la Ciudad de México en 1972. Dibuja desde que fue capaz de sostener un lápiz y no ha dejado de hacerlo. A los cinco años su mamá, Virginia, dividió con dos líneas una página de su cuaderno de dibujo, creando cuatro viñetas y le dijo: "vamos a hacer un cómic". En ese momento supo que quería ser dibujante profesional. A los doce años conoció al caricaturista Helio Flores, quien lo animó a perseguir su vocación.

Estudió Diseño Gráfico y hoy es uno de los historietistas más reconocidos de Latinoamérica. Ha publicado cómics, libros infantiles y novelas gráficas como *El instante amarillo* y *Habla María*, ambas editadas por Oceano, entre muchos otros títulos. *3 deseos* es su primera novela gráfica creada especialmente para los más pequeños. También dibuja sus historias con palabras y ha escrito varias novelas para adultos y jóvenes. Le gustan mucho los dinosaurios.

Y lo más importante: es papá de María y de Sofía.

3 DESEOS
UN CUENTO DE HADAS PUNK

Se terminó de imprimir en octubre de 2022 en los talleres
de Impresora Tauro, S.A. de C.V., Av. Año de Juárez 343,
Col. Granjas San Antonio, C.P. 09070, Iztapalapa,
Ciudad de México.

Para su formación se utilizó la familia *Whitney*
diseñada por Tobias Frere-Jones en 2004.